BUENAS NOCHES, AMOR

Alejandra Allueva

BUENAS NOCHES, AMOR

A David.
Porque contigo las letras cobran vida.

PRÓLOGO

Este conjunto de relatos serpentea por la línea invisible que une la muerte y el amor, dos conceptos grabados a fuego en el ser humano, que se pasea entre uno y otro desde tiempos inmemoriales intentando desvelar sus entresijos.

Ya Freud hablaba de Eros y Tánatos para referirse a los dos instintos más básicos del ser humano, la vida y la muerte. Aquí, Eros está definido como en la mitología, señor de las pasiones y la vida, de una manera poética. Tánatos, como el dios de la muerte. No se trata de un tema nuevo, sin embargo, este recopilatorio lo que intenta es dar otra interpretación. Mirar a la cara tanto a la visión del amor como de la muerte, para comprender desde la piel de los distintos protagonistas qué hay de real y qué de ficción en la propia idealización de ambos conceptos.

El paisaje que dibujo con estas dos ideas no tiene fronteras y anega tanto lo poético como lo fantástico. Los géneros pierden concreción y la prosa se vuelve rítmica, en un intento de simular el oleaje emocional que produce la percepción tanto de la muerte como del amor.

De esta manera, el libro se divide en tres ciclos que variarán en tono y concepto, de lo claro a lo oscuro, del amor a la muerte; un paseo por una escala de grises que pretende despertar los sentidos y, por qué no, ambos instintos en el lector. Desvelando sobre el papel la magia, las imperfecciones y las más bajas pasiones que despiertan estos dos pilares de la psique, Eros y Tánatos, en nosotros, simples mortales.

CICLO DE EROS

CONTIENDA

L a riña entre mi moral y mis piernas se detuvo en una tregua momentánea cuando tus manos rozaron la fina línea que crispó a la primera e hizo temblar a las segundas.

Fue una guerra corta, sin muchas muertes, con pocas heridas... Aunque por el camino se perderían la mitad de mi territorio y mi lencería.

La crudeza de mi moral, aun en su último suspiro, me arrancó espasmos de cordura en el instante en que mis piernas perdieron terreno y la potencia de tu ejército marcó el final de la contienda.

Quizá mis manos por fin decidieron un bando, quizá mi cintura otro... Mi aliento pronto huyó como refugiado a cumplir su exilio en tu cuello. Mis ojos se cerraron como aquel país que se esconde tras sus muros, y mis oídos... No supe de ellos durante el asalto. La marcha de tus tropas, ruidosa entre el rozar de telas cayendo, me hizo perder el contacto con ellos, solo pudiendo atisbar el sonido de tu sudor al avanzar por mi pecho, tierra de nadie que pronto tomaste a traición, arrancando el último reducto de oposición al lanzar hacia atrás mi sujetador.

No ganaron mis piernas, no perdió mi moral, no fue una tregua amistosa; las treguas nunca lo son. Tampoco fue una gran guerra: dos cuarenta y cinco, según hora militar. El perímetro de lucha fue escaso, demasiado estrecho para tanto movimiento. Tu ejército recogió los trozos desvencijados de mis bienes olvidados en el suelo, dejó el estandarte, la bandera y, por si acaso, los soldados.

Es normal que tal fuera el resultado. Tu fuente estaba informada; tu equipo, preparado, y tu Estado, unificado... Mi parte se debatía, olía a trifulca interna, y las fuerzas de mi cúpula perdieron al líder pronto.

TORMENTA

Cuenta la historia que hubo un instante en el que se detuvo la lluvia en plena caída. Un instante en que el silencio lo invadió todo, cesaron los pájaros sus trinos y cerraron sus ojos durante el vuelo. Un instante en el que el trueno de dos corazones colisionando paró la rotación de la Tierra, colapsó el universo y extinguió a la humanidad, dejando como únicos testigos cuatro brazos, dos bocas y un solo cuerpo.

CAMINO A CAMELOT

L a cortinilla corrida encubrió los cuerpos arrebatados, ajenos al traqueteo de la madera sobre la piedra. Dentro, el almizcle bordeaba las pieles y se enredaba en los dedos. Él volvió a golpear, en estocada poco controlada, y ella difuminó su imagen en un gemido inaudible. Sus manos se apoderaron de los brazos heridos de él, y sus uñas jugaron a ser flechas dirigidas a reemplazar las marcas de otras guerras más crudas. El dorado se fundió pronto con el blanco, y una marea de piel turbia se erizó al unísono entre cuero, encaje y lino. Otro embate agrietó el muro del «no sentiré» de él y la sumió a ella en el abismo del «no debería». La seda de sus lenguas pronunció susurros húmedos bajo los cuellos y los dientes enraizaron más allá de las clavículas. Otro movimiento, y las gotas de sudor corrieron por el rostro de él como lágrimas frustradas, insoportable conciencia ahora atada con hilo de olvido y placer. La palidez de ella se tiñó de rubor, y las rojeces del lance solo reforzaron la intensidad de aquel encuentro. La acometida final vino lenta, como los besos cerca del lóbulo, como el viento que soplaba fuera. Si bien la fuerza de su llegada desconcertó a ambos, envueltos en un fuego lascivo que derritió las carnes y crujió los huesos ablandados por el ritmo sensual, Placer llegó en carreta, herido de desvelo y certeza. Las miradas, hasta el momento oscuras y mojadas, se descubrieron turbadas, cansadas. El alma gutural de él se diluyó en un «¿estáis bien?», y la debilidad encontrada en sus brazos se endureció pronto en los labios de ella: «Sí».

—¿Qué le diremos al rey?

—Nada... Debemos llegar a Camelot.

MAYONESA CORTADA

E l calor golpeaba la cortina y me enrojecía la piel ahí donde esta me rozaba la cara, pero nada me importaba más que verla pasar como un ángel por la acera de enfrente. Ella, preciosa en su vejez, más allá del qué dirán, más, más lejos de la crítica de visillo.

Yo la observaba desde mi escondite, un poco espía, un poco ladrón y un poco verde. Era tan extraño estar prendado de esa manera de una mujer, una perfecta desconocida que me triplicaba la edad, que mi cuerpo convulsionaba de placentero desconcierto cuando, con su paso arrítmico, la observaba demorarse, inocente, frente a mi ventana.

Las arrugas no son más que líneas del tiempo, versos de sabiduría. El pentagrama de la vida.

Y ella no sabía de mi pasión, simplemente vagaba por mi calle con su bastón y su esbelta ancianidad, mientras yo, en mi habitación, soltaba los folios de una carrera de abogacía a medio terminar para mirarla desde la ventana, siempre tras la cortina rugosa y amarilleada.

«La ensalada viendo la mayonesa cortada», decía mi mente perversa, mi conciencia cruel. Pero yo la miraba con el pecho henchido y el deseo hinchado, dibujando pensamientos de sudor y piel arrugada.

SOMOS VERANO

L a luna quema nuestra piel arrugada por la sal y de pronto nos encontramos solos. Tú, yo y la playa olvidada. Siempre creí que al atardecer esta se levantaba, tomaba su sol y sus palmeras y se marchaba, como todos, a embadurnarse de crema. Pero aquí está, como un *voyeur* natural que espira salitre con cada movimiento, grabando nuestro encuentro en el espejo del agua, musicalizándolo con gemidos de gaviotas exhaustas de sol.

Las conchas nos raspan la piel mientras las hormigas exploran el enredo de toallas y bañadores exiliados. El vaivén del mar nos arrulla y olvidamos por un instante que la sábana que nos cubre está hecha de estrellas. Somos verano, cangrejos en guerra, la miel de los dátiles y la flor de la uva de playa; somos arena un momento y, al otro, somos agua.

Nos descubrimos tiernos más tarde en la marea baja, con la espuma amodorrada en la cintura. Mojamos el cuerpo, enjuagamos los besos, acariciamos la frente de la playa dormida y arropamos su recuerdo con fogata de despedida.

RECREO

Semana 1:

J ulia, profesora de Literatura en el excelentísimo
colegio de Santa Inés de Talavera, tropezó en el
último escalón que daba al patio de recreo. Se recolocó
las enormes gafas de pasta y demoró su vista en el
objeto que casi la había hecho dar con la frente en el
suelo. Un mechero metálico, del color de la plata
envejecida. Con cuidado se inclinó para cogerlo, con
las rodillas muy juntas, la cinturilla de la falda de tubo
ahogándola y el libro haciendo equilibrio entre su
pecho y el antebrazo.

—*Sorry, it's mine!* —El profundo acento inglés le
llegó de refilón sacudiendo su coleta alta y dando el
empujón definitivo al ejemplar de *Cumbres
borrascosas*, que cayó pesado al suelo.

El nuevo profesor de Inglés rozó sus dedos al
arrebatarle el mechero y de camino recogió el libro con
una sonrisa torcida.

—Emily Brontë —señaló, devolviéndoselo, mientras Julia adquiría el color rojo de las camisetas de los alumnos del Santa Inés.

Una áspera afirmación dio pie al profesor a girarse y marchar hasta la esquina izquierda del patio, para desaparecer tras el tabique verde que separaba la zona de juegos del contenedor de basura.

Julia se repuso pronto y se entretuvo el resto del recreo leyendo, solitaria, en el banco de siempre, en medio de cientos de gritos y risas que disolvieron su ansiedad y opacaron la imagen de su alto, rubio y estrictamente elegante compañero de oficio.

Semana 2:

Matthew no sabía cómo había llegado a entablar aquella extraña amistad con la profesora de Literatura. Después de haberle subido los colores en un desafortunado primer encuentro, había continuado observándola, disfrutando del tercer pitillo de la mañana, a escondidas detrás del contenedor, mientras ella subía y bajaba sus nerviosas pestañas del libro a la esquina izquierda del patio.

Una semana, setenta y siete pestañeos y tres chasquidos después, los dos se encontraban mirando de reojo al grupito de niños que se afanaba en saltar a la comba. Ella exhalaba aliviada con las gafas en la cabeza, la camisa de botones algo descolocada en los hombros y el humo saliendo de sus labios apretados. El libro yacía olvidado en el suelo.

Matthew sonrió, mostrando esa singular curvatura de su boca hacia el lado derecho, y comentó en su idioma materno lo interesante que le había resultado descubrir entre los gustos literarios de ella uno de los títulos que habían marcado su carrera profesional. Sin embargo, Julia solo le devolvió la sonrisa y dio otra calada.

Semana 3:

Julia inclinó la cabeza hacia atrás, golpeándose con la pared de ladrillo. Matthew se sumergía en su cuello, lamiendo aquí y allá por todo el borde de la camiseta abierta. Los gritos de los niños correteando en el patio, tan cerca, golpeaban contra el contenedor de basura que los evadía del lugar, del espacio que compartían con la inocencia de medio metro y camiseta roja.

Un gemido brotó de los labios de ella y él pronto lo absorbió, rodeando a su vez sus muslos llenos de falda y piel, como dividiendo un poema en estrofas y versos. Midiendo con sus dedos las rimas átonas y tónicas de las piernas de Julia. Citando, finalmente, sobre su lengua a Wordsworth, Byron y Keats.

Julia no entendía ni una palabra, eso era lo más cerca que había estado nunca de aprender el idioma de sus fetiches literarios.

Semana 4:

Dos aros de humo se escaparon de los labios de Matthew, echado detrás del contenedor, en el patio de recreo del Santa Inés de Talavera. Su cabeza sobre el regazo deshecho de Julia, cuya respiración producía un murmullo resonante al salir de sus labios entreabiertos. «Fantástica», pensó Matthew. Julia era una mujer increíblemente cerrada, rutinaria, incapaz de saltarse una página. Sin embargo, él había conseguido separarla de su régimen como a una palabra de su raíz. La había probado y aprobado. Julia sabía a tiza y a ácaros, y era sobresaliente. Perfecta como ese instante en el que reposaba exhausta apoyada en la pared de ladrillos.

Matthew dio otra calada y antes de soltar el humo se vio con la nuca en el cemento.

—¿Dónde están los niños? —chilló la profesora de Literatura al borde de la histeria, abotonándose la camisa, alisándose la falda, deshaciendo la coleta enredada para rehacerla más arriba, tensa—. ¿Dónde están los niños? —repitió ahogada, mirando el patio vacío más allá del contenedor.

Matthew soltó una carcajada y apagó el cigarrillo en el ángulo entre el suelo y la pared.

—Honey, it's Saturday!

ETIQUETA NEGRA

L a frustración se ahogaba en el *whisky* añejo de su vaso medio vacío. Con la cabeza apoyada en la barra, perdía la cordura y el hígado a cuentagotas.

Dentro de él, su alma, atormentada por las amargas palabras de despedida, se hundió en la barrica de una mentira femenina, crianza de cinco años, avinagrando sus recuerdos y fermentando las trazas del engaño. Ella, fístula purulenta de su historia. Ella, malcriada arpía, cucaracha rastrera, mosquito enfermo de patraña y falacia. Si la embriaguez le sirvió de algo, fue para raspar su etiqueta negra y descubrirla marca blanca: su peor borrachera, pesadilla etílica pintada de amor. Mentira de 45% Vol.

Alzó su cabeza con la voluntad alcoholizada y sorbió los restos de desamor junto con la bebida. Aplacó el dolor con un puñado de maníes y miró de reojo la carta del menú junto al posavasos.

No le quedaría ella, pero el hambre ahí estaba, torturándolo tras su partida.

CICLO DUAL

21/12/12

Viernes noche. Olor a sexo duro. Sabor a orgasmos. El reloj marca las 23:59 con fecha 21/12/12. Aullidos de final del mundo, suspiros de pequeñas muertes, golpes de pared, chasquidos de tela y piel. Gotas de diluvio mortal, dientes de mordidas póstumas. Calor de infierno en la Tierra. Embestidas de meteorito, cuerpos en colisión. Cráter de conciencias. Humo, gemidos, olores de fin, sabores de *seacabó*. Baile hasta el final de los tiempos. Erótica del fin.

MILITANCIA ECLESIÁSTICA

E ra su primer día en el nuevo trabajo. Juan era sacerdote, acababa de titularse como tal, y su primer encargo fue trabajar en el hospital de Los Remedios. Así que por la mañana se levantó, se puso su sotana almidonada, se arregló el alzacuello ante el espejo y marchó con su maletín cargado de fe.

Juan era sacerdote, como he dicho, un joven e ingenuo sacerdote.

Y Claudia era una joven e inocente paciente. Enferma desde que podía recordar, ojerosa, pálida y de sonrisa dulce. Que soñaba con volar en primavera habiendo probado al menos la miel del primer amor.

Juan entró en la habitación aquella mañana para conocer a la muchacha. Entró al siguiente día para su oración. Al tercero salieron juntos, de la mano entre sotana y silla de ruedas. El quinto y el sexto, jardín. El séptimo fue primavera en Claudia; germinaron margaritas blancas que pronto deshojaron en «me ama» y el cielo brilló azul pupila de santo. El octavo, el octavo fue otoño en Juan, valiente soldado de Cristo, cobarde apicultor, con las manos hinchadas de plegarias y el pecho en hojarasca.

Juan era sacerdote, insisto, y ella estaba enferma. Él se quedó atado a su camilla mientras Claudia suspiraba su última mirada. Él le prometió encontrarse allá arriba. Ella sonrió confiada.

Un labio casto, una mano casta, dos lágrimas castas y un casto adiós.

Juan siguió sacerdote... De Claudia brotaron alas de pétalos de rosa.

ESTOCOLMO SUBLIMADO

P ara muchos la vida es una acumulación de
años, el devenir del tiempo, el paso seguro en
la dirección elegida. Yo pensaba así hasta un fin de
semana de octubre de 2011, cuando comprendí que la
vida no son los minutos ni el aire que cogen tus
pulmones, sino los acontecimientos, la sucesión
indiscriminada de momentos que moldean todo a tu
alrededor.

Eran cerca de las ocho de la tarde del viernes
cuando llegué a casa cargada con unas cuantas bolsas
de comida. Había pasado por el mercado después de
dejar a mi chico en su piso. Ese fin de semana se iría
de acampada con los amigos, así que aproveché para
comprar helado, chocolate y cantidades ingentes de
alimentos precocinados que me durasen al menos hasta
el domingo por la noche.

Abrí la puerta haciendo equilibrio con la compra y
el bolso, y la corriente que me recibió me hizo
estremecer. Pensando en qué pondrían en la televisión
esa noche, dejé las bolsas en la cocina, el bolso en el

comedor y, con los zapatos ya en la mano, encendí la caja tonta y fui dando saltitos hasta la habitación. Entonces lo vi. La luz que entraba por la ventana rota le chocaba en la espalda y lo cubría de sombras por el frente, sin embargo, el brillo del metal apuntándome me hizo retroceder, y la mano cerrada en un puño que se abría en una advertencia me paralizó al instante. Él no dijo ni una palabra y creo que yo solo susurré tres «por favor» antes de sentir la garganta seca. Sus ojos, vidriosos de adrenalina, ocultaban un verde apagado, y su pelo, un poco largo y enmarañado, le oscurecía las mejillas allí donde el bigote espeso y el resto de la perilla no llegaban. La ropa arrugada y manchada de un rojo tabú para el momento lo hacía desgarbado y algo sucio. La alarma saltó dentro de mi pecho cuando el silencio que nos separaba murió con la voz urgente de la periodista describiendo al hombre que tenía delante de mí. «Disparó tres veces al dependiente de la gasolinera y huyó con...». Fue lo último que oí antes del chispazo de los cables arrancados y los pasos del desconocido volviendo a la habitación. El *shock* por haber perdido la oportunidad de escapar me hizo entrar en pánico, y lo siguiente que distinguí fueron sus dedos fríos y pegajosos al intentar atarme las manos con un trozo de cuerda de la cortina, ahora arrugada a los pies de la ventana.

Sus ojos no se apartaban de los míos, los dos con la mirada fija en un juego que no queríamos perder. Él, al fondo de la habitación, junto a la puerta, con las luces del salón dándole de lleno en el lado derecho, y yo, entre la cama y el armario, en un enredo de sombras y cuerda.

—No lo hagas —dije, adelantándome a sus pensamientos, pero él no respondió, casi ni pestañeó, y yo le aguanté la mirada con miedo—. Estás sangrando —intenté de nuevo, consiguiendo apenas un movimiento de su mano herida, que se acercó a sus labios manchándolos al hacerme un gesto para que me callara. Su mano derecha asía con fuerza la pistola, jugueteando con el seguro hasta que el *click* estalló en mis oídos y mis ojos se desbordaron en un silencio desesperado.

—No llores —dijo al cabo de un rato, fijas sus pupilas en las mías, pero perdido en alguna cavilación.

Me removí, no quería hacerlo, no quería morir, sin embargo, me estremecí con suficiente fuerza como para que él se diera cuenta y despertara de sus pensamientos. No era tonto, sus ojos se desviaron hasta la ventana rota y a la lluvia que bailaba detrás al ritmo del viento; volvió a mirarme y se acercó en dos zancadas cargadas del peso de la furia. Sus dedos rojos me cogieron con fuerza y me alzaron, arrastrándome hasta el salón, soltándome de mala gana sobre el sillón antes de desaparecer por el pasillo que daba a la cocina y volver segundos después con una lata de cerveza entre ellos. Se sentó a mi lado y pareció relajarse cuando mis párpados empezaron a caer.

Me despertó un movimiento agresivo, pero no entendí lo que pasaba hasta que de nuevo sus dedos me agarraron con fuerza la cara, bajando una de sus manos hasta el cuello alto de mi suéter y rasgándolo de un tirón. «No...», supliqué temblando, deseando que todo aquello fuera una pesadilla, pero su aliento alcoholizado me ardió en los ojos y supe que aquello debía de ser el final cuando clavó su boca sobre la mía y violó mis labios y mi lengua con la ferocidad de una bestia lupina. Las lágrimas corrieron por mi sien en aquel ángulo indescriptible en el que me tenía, y mis ojos se fijaron en las grietas inexistentes del techo, una visión de lo que se cuarteaba dentro de mí. Con la boca muerta por el envite, ya sin sentir más allá de las palpitaciones internas de mi corazón asustado, creí escucharlo e intenté no perderme en el búnker que había encontrado dentro de mí.

—Bésame —me dijo, apretando sus dedos en mi mandíbula mientras con la otra mano intentaba torpemente ampliar la herida de mi suéter. Yo no reaccioné y él gruñó de nuevo—. ¡Bésame! —Y sus labios, calientes y húmedos por todo lo que pudieron tomar en el primer ataque, se tensaron en una advertencia.

Tragué con esfuerzo, no sabía si mi saliva o la suya, y entreabrí los labios para hacer lo que me pedía. Su lengua rozó la mía con más calma y la presión de sus dedos se aflojó al encontrar sumisión. Pasaron unos minutos de aquella manera, y no me di cuenta de que su otra mano había cesado en su empeño hasta que él se separó de mí lentamente y se apoyó en el otro extremo del sillón. Vi unas cuantas latas de cerveza sobre la mesilla frente a nosotros y cuando volví a mirarle, sus ojos verdes se me clavaban profundamente, mucho más allá de mis pupilas, más allá de la carne, más allá.

—Bésame —pidió esta vez en voz baja, y yo me acerqué con dificultad, manos y pies atados. Mis labios cayeron sobre los de él y quise pensar que aquel gesto tan sutil de su mirada me daba una oportunidad para escapar. Si podía saciarlo con besos y confundirlo con una falsa sumisión, bajaría las defensas y, en cuanto se alejara del arma, yo podría contraatacar, huir, salvarme. Su lengua buscó la mía y ambas se abrazaron en extraña comunión, lo que hizo que los dos diéramos un respingo y él finalmente me apartara.

La luz entraba suave por las ventanas y el amanecer nos encontró de aquella manera, quietos en cada extremo del sillón. Yo, atada, y él, armado.

De pronto se levantó.

—¿Tienes hambre? —preguntó seco, y yo asentí con miedo.

Al cabo de un rato volvió con un cuenco de cereales con leche y se sentó sobre la mesilla, dejando caer las latas vacías a su alrededor. Cogió la cuchara y me la ofreció en silencio, chorreando hojuelas azucaradas y leche fría. Yo abrí la boca y comí sin apartarle la mirada, enjugando mis emociones en aquel brebaje inocente, deseando borrar su sabor de mi lengua.

—¿Sabes...? —Rompió el silencio con su voz tosca y su deje agresivo—. ¿Sabes cuando te ves atraído por algo y no entiendes por qué?

—Sí —respondí, diciéndome a mí misma que lo engañaba, que no sabía de qué hablaba.

—Bésame —volvió a decir, apartando la cuchara y acercándose un poco.

Tuve miedo, un terror que me recorrió el cuerpo y rompió mi mente cuando volví a sentir su boca entreabierta y la humedad de su lengua me alcanzó. Noté un ligero temblor cuando se separó y algo dentro de mí me susurró que ya era mío.

—Déjame curarte... —dije en voz baja, mirándole la mano mal vendada, y me sorprendió verlo desanudarme la soga de las manos con calma. El cuenco olvidado a un lado de la mesilla y la pistola en el bolsillo de su chaqueta. Pronto la cuerda que apretaba mis tobillos se soltó y fui al baño pensando que debía ser buena un poco más. Lo mismo pensé cuando tomaba su mano izquierda y le miraba las heridas. También cuando, después de curarla, limpiaba las manchas de sangre de su rostro con un paño humedecido. Lo pensé por última vez cuando creí leer en sus labios la misma petición de siempre y antes de escucharla apagué el ruido de mi cabeza con sus labios. Sus dedos subieron por mi cuello con suavidad y se detuvieron indefensos al borde de mi mandíbula, mientras los míos tocaban por primera vez la curva entre su cuello y los hombros.

El sábado a mediodía él me permitió cocinar algo para almorzar, aunque lo que hice fue precalentar el horno y meter dos pizzas. Lo vi sonreír por primera vez cuando me vio corretear hasta el comedor con los dos platos quemándome los dedos, y el sonido de su carcajada apagada me vibró en la piel donde sus manos me habían acariciado. Dentro de mí pensé: «No más besos», y el resto del día pasó sin pena ni gloria mientras él miraba por la ventana y se apartaba para, suponía yo, montar un plan de huida. Jugamos a las cartas al caer la tarde y me cuidé de perder todas las veces, aunque él me miraba con interés cada vez que soltaba una buena para coger la más baja.

La noche pareció oscurecer el piso con mayor intensidad cuando él me obligó a acostarme en la cama y me volvió a atar las muñecas, esta vez a la cabecera. Solo podía tumbarme boca arriba o de lado, y el terror que sentía así de indefensa me hizo preferir darle la espalda cuando se recostó a mi lado. No supe en qué momento me dormí, pero lo hice temblando e intentando no llorar. Cuando desperté, aún era de noche y mi cuerpo vibraba con fuerza, sin embargo, no era yo la que temblaba, era su espalda, que rozaba la mía y me transmitía sus espasmos. Con dificultad me di la vuelta y pude ver el brillo del metal reposando en la mesilla de noche. «Aléjate», me dije. «Busca una salida, ahora», insistí mientras me apretaba contra su cuerpo de una forma irracionalmente protectora. Su temblor aumentó y poco a poco se apagó. Su respiración suave no me dejó dormir, y supe que él tampoco podía conciliar el sueño cuando se giró hacia mí, me miró con el verde opaco de sus ojos y extendió una mano para soltarme. Mis manos pronto recuperaron la sangre y la voz de mi interior volvió a apremiarme: «¡Escapa!». Pero sus dedos atraparon una de mis muñecas y apretaron mi palma abierta sobre su pecho. Algo palpitaba muerto debajo de la tela; su corazón corrupto, asesino, latía con fuerza en mi mano y me hería en el pecho con cada golpe.

—¿Sabes cuando te ves atraído por algo y no entiendes por qué? —susurró como si fuera la primera vez que pronunciaba aquellas palabras, y yo le acerqué mis labios, procurando evitarle el tener que hacer la siguiente petición.

Nuestras lenguas se encontraron con timidez, cauta una y avergonzada otra, y luego danzaron sobre las horas de oscuridad hasta que se descubrieron saboreando la piel. Él bajaba por mi cuello con un ansia paciente, casi reverente, y mis labios apresaban uno de sus dedos heridos.

Las pieles se reconocieron como las lenguas en su primer baile, y pronto la tela quedó dispersa en la escena como trozos muertos de nuestras propias defensas.

Sus ojos verdes me miraron desde lo alto cuando la suave embestida nos erizó el sendero desde el punto en que nos uníamos hasta nuestros labios.

—Sí... —respondí por fin a la pregunta que había hecho hacía tanto tiempo atrás.

Nuestro sudor se mezcló como se mezcló nuestra saliva y supe que, más allá de lo físico, algo secreto y oscuro de cada uno se había unido a la mezcla. Miré por última vez la pistola y él siguió mi mirada, tembló sobre mí y se deshizo en ritmo y calor cuando volví a sus ojos y pedí:

—Bésame.

Desperté sintiéndome vagamente sucia, una sensación más impuesta que asumida, y me dirigí a la ducha en silencio, sabiéndolo detrás de mí a cada paso que daba. El agua caliente no borró las marcas que habían quedado en mi espíritu, pero difuminó por un momento el rostro de él al otro lado de la mampara, unos segundos tan largos que me ahogaron con el vapor salubre de la ducha y que se disiparon con rapidez cuando el cristal empañado se abrió con cuidado y él entró, ahogado también por el tiempo en el que nos desdibujamos en la pupila del otro.

Su cuerpo húmedo se apretó contra el mío bajo la cascada hirviente mientras intentábamos limpiarnos los restos de desconcierto, y mis dedos lo acariciaron aquí y allá cuando me invadió de nuevo. Mis pensamientos subieron y bajaron con mi cuerpo, pero ya no formaban parte de este, que se mantenía vivo solo gracias a la vía carnal de él. Haciendo mis constantes inestables como la línea invisible que acabábamos de cruzar.

Volvimos tarde a la cama el domingo. El silencio era un ocupante más de la habitación y nos miraba desde lo alto cuando el verde opaco de las pupilas de él se ocultó tras los párpados cansados y yo me dormí sobre el arrullo de su pecho.

Creí escuchar sus movimientos en la cocina al poco rato, o quizá mucho después. La luz entraba por la ventana rota en ángulo de mediodía y olía a sobras recalentadas. El agua corriendo, el microondas pitando, un plato golpeando el poyo, unas llaves tintineando, el zumbido de la nevera, un murmullo, un plato estallando en el suelo, un grito, una gaveta golpeando y cubiertos removidos, mi nombre. «Es la hora», se despertó mi conciencia, y con un gemido ahogado miré hacia la mesilla de noche. La pistola dormitaba olvidada hasta que le arranqué el chillido del seguro y corrí hacia el pasillo.

El amasijo de hombres luchando bañaba el suelo frente a mí, había algo de sangre en las paredes y un cuchillo más allá. «Ahora», me dije, y algo se superpuso dentro de mí, se removió, se hinchó y amordazó el «no...» que se me escapaba entre los labios inflamados.

Disparé, vi mis manos extendidas y temblando cuando el retroceso me arrancó con fuerza del búnker al que había huido. Abrí los ojos y lo vi, era él, tumbado boca arriba con mi bala en el estómago y sus ojos verdes mirándome asustados. Junto a la puerta, mi chico se apretaba el brazo para cerrar la herida de cuchillo.

«No...». Se paró el latido interno que me mantenía con vida; un hilo invisible tiraba de mí a punto de romperse, y caí sobre mi captor tapando con mis manos el hueco que mi conciencia le había dejado en las entrañas.

Un sudor frío perlaba su frente, y sus ojos, de un tono más apagado, buscaron los míos, luchando por hablar sin perder el poco aire que podía apresar.

—¿Sabes cuando te ves atraído por algo y no entiendes por qué? —dijo sin fuerzas, con la voz roja. Sus pupilas brillaron entonces con un verde singular.

—Sí... —asentí, con las lágrimas golpeándole las mejillas pálidas, y me incliné aceptando la petición implícita, la mía y la de él.

El sabor a metal me llegó a la garganta y, antes de que nuestras lenguas terminaran su danza, presioné el cañón esta vez contra mi sien y apreté, dejando que mi conciencia volara lejos de mí, de lado a lado y hasta la pared. Me fui con él.

La vida no son los minutos ni el aire que cogen tus pulmones, sino la sucesión indiscriminada de momentos que moldean todo a tu alrededor. Y un solo acontecimiento puede significar el cambio.

MICROVIDA

Inhalar.
    Llorar.
        Amar.
            Llorar.
                Exhalar.

CRÓNICA FÚNEBRE

E l atardecer apuró su merienda de azules y rosas, atragantado con oscuros nubarrones. El cálido aire pronto voló dejando tras de sí la sensación de frío desasosiego, y las hojas de los árboles empezaron a temblar al son del viento silbante, mientras entre las lápidas empezaban a bailar las arañas en sus redes de olvido y muerte. Los últimos visitantes se habían apresurado a traspasar el portón enrejado. Los hombres apretando su sombrero hasta las cejas y las mujeres arrugando sus fulares en el pecho, a la vez que los grises conquistaban el cielo y la tierra del cementerio, anhelante de aquella promesa líquida, descansaba por fin con sus eternos convidados.

Sin embargo, una visita inesperada apareció en el paseo empedrado. El *frus-frus* de la falda armada sedujo a las aves que seguían su camino hacia su árbol-hogar, y los gusanos se retorcieron bajo la tierra, tras la madera y la piel, molestos ante la incómoda intrusión.

El traje negro enmarcaba la palidez de porcelana de la mujer, joven por lo que respectaba a sus mejillas encendidas y su pecho en flor, viuda por lo que reflejaba la sombra de sus ojos y el desvaído tono de sus ojeras. Los pasos dejaron de sonar al traspasar la verja de filigranas melladas, que gimió tras ella. El rastro de pisadas y roce de muselina indicaron a las almas perdidas de aquel bosque de cruces qué camino no debían tomar.

La joven se detuvo frente a una lápida y un ángel de piedra la miró tres metros más allá. Ella devolvió la mirada nerviosa y húmeda, antes de soltar el aire que sin querer había retenido durante el trayecto, e inspiró de nuevo con fuerza toda la niebla que empezaba a formarse a su alrededor, desviando sus ojos del rostro angelical a la piedra fría bajo sus pies, cayendo instantes después sobre la tierra y despojándose de todo aquel éter siniestro que había inundado sus pulmones. Las medias bajo el negro textil se le mancharon de lodo y hierba, el rostro pálido se le demacró aún más al verse tendida de aquella manera sobre el montículo de tierra por el que rezaba la losa: «W. F. 1820-1852. *Eram quod es, eris quod sum*[1]».

Posó sus manos sobre la tierra con melancólico gesto antes de levantarse con dificultad y lanzar una plegaria al cielo encapotado, triste este, quizá violentado por el secreto que tiempo atrás la omnisciencia le habría susurrado sobre la joven viuda.

---

[1] «Era lo que eres, serás lo que soy».

Esquivando el rechazo escupido con desgana desde las alturas, la muchacha se refugió bajo el ángel y dejó caer tres velones rojos y uno negro, que rodaron sordos y enmudecieron los suspiros de las almas perezosas que empezaban a despertar para su paseo eterno de luna llena. Las ranas huyeron, los gusanos reptaron y un gato, a lo lejos, maulló con voz de bruja anciana. La joven encendió cada cirio carmesí bajo la atenta mirada de la mole de alas de mármol, quemándole las sandalias de piedra al hacer una línea recta sobre el montículo. El último, el negro, lo dejó donde debían de estar los pies de su difunto.

Un murmullo se inició en aquel punto, un crepitar maldito que se fue intensificando y que corroyó lo invisible, traspasando el espectro humano, vibrando al unísono con la voz de ella que, con ojos cerrados, palmas al pecho y vaivén poseído, entonaba una saeta oscura entre gritos y lloros convulsos.

Un trueno ahogó su canto y avivó el silencio mortal en el que se encontraba el cementerio entero: cipreses y ramos, piedras y tumbas, muertos y ánimas, gusanos y moscas. Todos atentos a la espeluznante escena que variaba de color al son de la danza de las tres llamas, que poco a poco perdieron fuerza y terminaron sucumbiendo al diluvio que estalló sin más dilación sobre la cabellera encarnada de la joven viuda, y que se calmó en cuanto cesó su réprobo gorjeo. Entonces los cuervos graznaron más allá del portón, y el viento volvió a silbar entre las lápidas meciendo a las arañas de igual condición que la mujer.

El cirio negro prendió ante el desinterés de las ánimas vagantes, y los ojos de la viuda se hundieron más en sus cuencas; su color bajó un tono y sus dedos temblaron al arrodillarse, ahora con especial delicadeza, frente al montículo.

El ligero movimiento bajo sus pies la tomó por sorpresa tras unos minutos de llanto desesperado. Primero la tierra húmeda, luego la seca y suelta. Después las costras compactas y los gusanos flacos. El tallo florecido en cinco ramas de una mano putrefacta salió al encuentro del banal mundo de los vivos. El brazo creció lento como un árbol, magullado y hendido. Mientras, la mujer se encorvaba frente a la visión, perdiendo el aire lentamente en una sonrisa amplia, hundiéndosele el pecho allí donde estaba el palpitante corazón.

A medida que el cuerpo difunto trepaba entre su propio abono, la joven dejaba espacio en su vestido, un armazón cada vez mayor para el pellejo arrugado que ahora le colgaba de los huesos carcomidos. Sus ojos brillaron por última vez cuando el cadáver escupió hojas secas entre las costuras mortuorias, en lo más parecido a una sonrisa que un muerto vuelto a la vida, putrefacto y descerebrado, podría dibujar en su rostro de verde natura y blanco maquillaje.

«William». La joven suspiró cenizas de humanidad, y él le correspondió devorando con amor lo poco que quedaba de ella.

PERDIDA

P erdida. Vagó entre la esquina de la tercera con la sexta, quizá algo despistada, quizá demasiado extraviada. Llorando gotas de viento roto, olvidando el origen de su fatalidad con la velocidad quemándole el rostro, sin tiempo para saludar a los que se apartaban de su camino con gesto demudado. El suelo estaba lejos, cubierto de cuerpos pisoteados; su anhelo, más adelante, siempre un paso por delante de ella, pero sin intenciones de apartarse.

El amor la había alcanzado de sopetón, disparándole los nervios, haciéndola volar, cubriéndola de dorado celo e hirviente sufrimiento, como el romanticismo adolescente. Fugaz pero mortal, con una sola vía de escape y un sello de entrada que jamás se borraría.

Con impaciente querencia infantil se apresuró a alcanzarle con un último suspiro; sus pieles chocaron cuando él se giró, perdido ante el encuentro, recibiéndola con los brazos abiertos en una triste rendición ante el loco amor de su perseguidora. El golpe le hizo dar dos pasos hacia atrás y caer mientras los brazos de ella se abrían con egoísta pasión, devorando su pecho, bebiendo su adrenalina, luchando y venciéndolo sobre el asfalto, dejando las huellas de su amor por todo el cuerpo, rasgando el tejido de su camiseta, lamiendo su pecho cálido, clavándose más allá de su corazón, en su alma. Obligándolo a amarla con todos sus órganos hasta el colapso absoluto de las emociones.

Y los ojos de él, sorprendidos, miraron por última vez el cielo, con el vacío manchando sus pupilas. Sus brazos abiertos en total entrega, su pecho ensangrentado, su piel desgarrada. Y ella, ella anidada en su corazón.

La atracción irracional entre la bala y el hombre. Amor de alto voltaje.

CICLO DE TÁNATOS

TEMPUS FUGIT

Miro fijamente tus pupilas-aire y las hojas secas del rencor me raspan allí donde los años hicieron costra.

Tú, con tu tabaco-bruma, tu sombrero de olvido y tu paso de señor. El traqueteo de tu bastón-guadaña me da náuseas y tortura mi cuerpo cansado con su rítmico tictac.

Tú, vagas por mi memoria del ayer al mañana, convertido a medias en periódico viejo y gallina de huevos de oro. Un clásico muerto y un *best seller* ostentoso, pero después de todo, nada.

Tú, destructor de la vida, asesino del alma. Tú, que pareces saberlo todo, que me matas. Que reprimes mis gritos cada noche y me quemas las entrañas por la mañana.

Tú, mi periódico arrugado, mis huevos rotos. Impertinente holocausto de mi juventud. Nefasto colofón de mi universo.

Solo tú, Tiempo.

DESENLACE FATAL

Y el que apetezca la gloria
debe despedirse a tiempo del honor
y dominar el arte difícil
de irse en el momento oportuno.

Friedrich Nietzsche

L as lágrimas huían de sus ojos rojos rodando
por sus mejillas con inquieta aflicción. Gloria
lloraba sin querer, con la mirada clavada en el suelo,
sus manos arañadas por la batalla, enredadas en la
tierra húmeda de carmesí y las primeras gotas de una
tormenta que empezaba en su corazón e impregnaba
todo a su paso con lluvia real. La coraza de metal
abollada aquí y allá, el yelmo más atrás, perdido entre
la mortandad, esperando limpiar su fondo de los
pensamientos crueles del que dice poco y calla
demasiado. Y su espada, caída como ella misma, a su
lado, fiel amiga hasta el final, con un corazón de acero
que parecía latir al mismo ritmo que el de Gloria,
mellada igual que ella, manchadas ambas por la

sangrante maldad de los corazones que saben de guerra y viven de la batalla.

La alarma había sonado en el pecho de Gloria como cuerno de tropas nuevas hacía unos instantes, mientras caminaba entre los cadáveres y estocaba aquí y allá la memoria de los espíritus aún deseosos de respirar en cuerpo vivo, con los bandos mezclándose en sus recuerdos igual que la sangre ahora coagulaba al aire corazones enemigos. El cuerno sonó y supo que su tiempo había acabado allí, frente a aquellos a los que había arrebatado el aliento en carnicería mortal y junto a los que habían decidido dar su vida por aquella locura del que quiere cargar más de lo que su cuerpo aguanta, mucho más de lo que el alma aspira, pero una minúscula parte de lo que el corazón codicia.

Era su hora, y la certeza galopó junto con los que se acercaban al trote de cuatro patas y fiera venganza. Era su minuto, así que se arrodilló, soltando a su aliada, manteniéndola cerca en busca de la confianza necesaria para el último suspiro. Era su segundo, y con él lanzó el yelmo, que cayó boca arriba entre gusanos y cuervos que se unían al festín. Miró al cielo una última vez mientras la brisa movía la capa del líder que descabalgaba. Las gotas de agua tintinearon con fuerza en la armadura cuando Gloria se encorvó en reverente rendición, enraizando sus dedos en la tierra, con el rostro lleno de lágrimas ahora vuelto hacia el suelo y sus ojos cerrándose para siempre. El golpe mortal, de acero fraguado en agravios, degolló sus ideas e hizo volar en desenlace fatal sus culpas junto con sus cabellos.

D. E. P.

El río de tu mirada hiela la sangre encostrada, coagulada bajo mi piel pálida. Tu beso cálido despide al hálito olvidado de mis pulmones, y una lágrima te resbala manchando el polvo que mejora mi cuadro de marco estrecho y olor a pino. El violín suena lejos, en los recuerdos que no recuerdo ya. La televisión anuncia productos que ya no me vale la pena comprar. Las luces palpitan sobre mi cuerpo y deslucen aún más mis labios ahora morados. Las palabras se desdibujan a mi alrededor, las voces se alejan. El reptar de los siervos de la carne se acerca y los malditos olisquean mi antiguo santuario de perversión. Y yo me miro desde arriba, ¿o desde abajo? Ya da igual.

CHISPAZO

C orsés con encaje, tocados extravagantes, guantes de seda y el *frus-frus* de las faldas encajadas. El piano suena al fondo bajo los dedos delicados de la damita de turno. Fin de año en 1858. La cena servida, sonrisas, charla insustancial, buenos modales, un teléfono que suena y que nadie está acostumbrado a escuchar, y el chispazo de las luces. Chispazo. Carne que se disuelve, pelucas que caen, corsés que resbalan. Chispazo. Sonrisas mudas, miradas ciegas.

El aire entra frío por la vieja ventana, el polvo anida en el mantel, los gusanos, en la comida. Las calaveras, aún sentadas a la mesa.

Fin de año, festín del tiempo.

DE LAURA Y EL MAR

L a mañana en que Laura se marchó, se decoloró, perdió el tono soleado, rompió la línea del horizonte desdibujando el límite por el que marcharía su barco.

Laura una vez había sido niña, un pequeño remolino de cabellos color petróleo y ojos verdes, que correteaba con los brazos extendidos, jugando a volar, siendo en toda su sencillez e inocencia la imagen futura de su pérdida.

Cuando creció, Laura se convirtió más bien en un árbol, uno de hoja otoñal y verdor mustio. El tornado de sus pies se fue calmando y sus dedos se abigarraron a la arena, hundiéndose en ella como las raíces ancianas de un tumultuoso pinar.

Sin embargo, cuando la madurez llegó a las líneas de su rostro y el azul ciego devoró sus pupilas verdes, Laura volvió a soñar, a extender los brazos cansados y a mover sus pies inseguros bajo las mantas. Ella decía que la arcaica voz del mar le susurraba secretos por la ventana entreabierta. A veces pedía, suplicaba que la cerraran; esas veces las olas enfurecidas chocaban más abajo contra las piedras, y Laura oía los gritos de angustia de la espuma blanca, un burbujeo mágico que envolvía a la anciana haciéndola naufragar en su mente, torturada por lo que parecían recuerdos de sal y conchas.

La mañana en que Laura se marchó, la lengua de algas habló en secreto con ella. Jamás se supo qué le contó, pero Laura marchó con sus piernas torpes y su alma agrietada hasta la calmada orilla. Sintió el fresco latir del corazón marino, mojó su vientre de blanco vaivén y chapoteó con un último suspiro. Sonrisa al cielo, brazos extendidos. Con el arcaico susurro del mar, con el azul ciego olvidado y con el color petróleo nevado de polvo y vejez.

CINE MUDO

B lanco y negro.

La muchacha se mueve a ritmo de fotograma: cabello negro y liso, atrapado en cinta de brillantes y perlas, ondea sobre el cuello. *Clack, clack, clack.* Vestidito corto y suelto, de hilo y flecos, sobre el blanco roto de la piel, en oscilación natural con filtro artificial. *Clack, clack, clack.*

Charlestón mudo. Claqué sordo. Encaje vistoso a dieciséis fotogramas por segundo.

Dos pasos que sortean con humor el borde del escenario.

Una mímica de terror.

Olor a celuloide y a pólvora.

Salpicadura.

Brebaje negro pasado a rojo *Technicolor.*

La muchacha cae. Saltan perlas y brillantes.

Ojos abiertos, cámara.

Corten.

HEMATÓFAGO

—— L a angustia de vuestro llanto me arrulla las entrañas —dijo mientras clavaba su aguijón de rey de la noche—. Mañana no sentiréis nada. Ni frío, ni calor... —Succionó con fuerza el alma rojiza y cálida del tembloroso cuerpo—. Y no veréis de nuevo el sol... Y huiréis de la luna... — Paró en seco y miró a su alrededor. La callejuela oscura solo le devolvió el eco zumbante de las moscas en la basura y el hedor a comedero precario de su noble especie—. Y pasaréis hambre, por mucho que os saciéis... —Engulló de nuevo la espesa bebida—. Y lloraréis sin lágrimas y oleréis sin aire, hablaréis en silencio y oiréis cosas que preferiríais no haber escuchado jamás. Pensaréis demasiado y sufriréis más... Seréis un vagabundo del tiempo y del espacio, seréis un ser infecto, un apartado... Os perseguirán vivos y muertos, os odiarán... —Una risita nerviosa le hizo babear, y sus pupilas, rojas de nuevo, vibraron moviéndose de un lado a otro atentas a las sombras.

Encorvado como estaba en el suelo encharcado, con la ropa rasgada y anticuada, con los restos de unos guantes y lo que parecía haber sido tiempo atrás un sombrero de copa. Con el rostro pálido manchado de rojo pasión, con los dientes amarillos y los colmillos desgastados. Con el cabello largo y enmarañado, con las uñas raspadas y negras de huida. Con el vacío andrajoso de una vida pasada, de una muerte demasiado larga y una locura en ciernes. Calló unos segundos y aguzó el oído. Sus gestos eran demasiado rápidos e inseguros; sus rasgos, magullados por el tiempo que no pasa, daban asco y terror al mismo tiempo.

Soltó el bulto con rabia y le echó un último vistazo. La tez grisácea le descubrió la ausencia de latidos, y la mirada fija en él le descolocó las ideas de compañía.

—Quizá sea tarde para hablaros de vuestras opciones... Veo que habéis elegido la más fácil —concluyó, con los ojos clavados en el cuello aún húmedo de saliva y sangre, con sus pupilas nerviosas y su sonrisa demente. Se levantó tambaleante e hizo una reverencia ante el cuerpo inerte—. *Madame* —pronunció rimbombante y, tras darse media vuelta, se marchó corriendo, mirando a un lado y a otro, saltando entre las sombras, robando en silencio el aire enfermizo de los mendigos tristes y el sudor perfumado de las damas incautas.

NOVELA NEGRA

L ola puso el punto y final y soltó el bolígrafo de golpe, manchando el papel con un pequeño hilo de tinta ahí donde descuidadamente dejó caer el instrumento de trabajo. El folio a medio escribir hacía al menos unas cuatro horas reposaba en ese momento bajo otras tres docenas de hojas más. La letra cumplida de las primeras páginas, centrada, ceñida a los márgenes, y con la estricta elegancia que se forma con los años de labor, había dado paso a nerviosas enredaderas de letras y frases garabateadas en vertiginosa inclinación, en lo que parecía haber sido la catarsis literaria más vívida de la historia. Al final, la firma señalaba a un tal Carlos Trifucco.

Lola sonrió despistada recordando la última semana: el programa de radio, la entrevista a Trifucco, la invitación a cenar y los nervios de las horas previas al encuentro. Con la mirada perdida entre el papel y la ventana se dejó llevar por el *flashback*: el sonido del timbre, el café amargo, los aires de autor reconocido, la voz congestionada, la verborrea soporífera y el ego.

Lola clavó la vista en la última línea del folio y rememoró la visita guiada por el chalet, el cambio de aire y el sutil *click* de su cerebro. «Las oportunidades pequeñas son el principio de las grandes empresas», declaraba la frase final del manuscrito, parafraseando a Demóstenes, y, orgullosa de su ingenio, Lola dejó vagar los dedos por sus bolsillos, buscando, mientras su mente seguía su andadura más allá... Abajo, en el jardín del chalet, atrás, en el garaje, dentro, en el armario de las herramientas, junto a la caja con algunos tornillos descolocados, instrucciones olvidadas, una caja de cerillas y el cuchillo ensangrentado. Un dedo... dos... tres... la decena enredada en una maraña de trapos carmesí, y el bulto moribundo amordazado con la manga perdida de su propia camisa, que rezaba a la altura de la nariz rota: «C. T.», bordado en hilo dorado en la esquina inferior izquierda del puño arrugado.

Lola volvió en sí paseando sus recuerdos hasta encontrarse de nuevo sentada ante el escritorio. Se acarició el lóbulo de la oreja, masajeándolo unos segundos, fija la vista en la ventana o, más bien, en el cristal que le devolvía su reflejo. Sus ojos se posaron en sí misma y su semblante de locutora mediocre trocó en los rasgos afectados del escritor. Entonces se levantó, recogiendo de camino la cajetilla de cigarros que había caído al suelo y guardándola de nuevo en el bolsillo del pantalón con un pitillo menos. Ya sabía dónde había olvidado el fuego.

A diferencia de las anteriores, la última novela negra de Carlos Trifucco fue todo un éxito.

SEDA Y SANGRE

La canción sonaba lenta y rayada más allá, tras la pared que separaba la sala *VIP* de la tosca barra de bar de la estancia principal en donde, sentado sobre un banco cojo, se mecía Calixto. En su mano, el vaso de whisky sin tocar, virgen aún del cálido tacto del labio, vivo aunque moribundo en un ir y venir al ritmo del *jazz* susurrado en el cristal.

El primer trago incendió su alma y apagó los vestigios de un recuerdo. Calixto se levantó y buscó en el bolsillo derecho de su pantalón. Un par de monedas tintinearon sobre la barra, y el cadáver transparente chocó con fuerza en el posavasos. Los zapatos bien pulidos rechinaron como el buen cuero y siguieron la fila de flechas hasta la segunda habitación. El traje *beige* estaba arrugado por la espalda, y los intentos de sus manos temblorosas por borrar aquellas marcas de ocio frustrado solo dejaron una estela húmeda en la zona lumbar.

Sus hombros descansaron al encontrar refugio acolchado en el sofá de la *VIP*. Al lado, el tocadiscos seguía grabando surcos en las notas de un piano negro y una voz quemada. Las conversaciones alrededor no eran más que murmullos y risitas comparadas con el estruendo incómodo de los gritos del recuerdo: la melena rubia enredada en seda y sangre.

Calixto miró a un lado y descubrió en la esquina del sofá a una belleza dorada de crines rojizas que le devolvió la mirada con picardía y le ofreció el dibujo barroco de su media raída. Él sonrió, mas no le dio importancia, incluso cuando las uñas lacadas en vino se acercaron con paso ligero hasta su rodilla y treparon hasta su entrepierna, mucho menos cuando la turgente obscenidad de un escote rozó su barba de dos días, haciéndolo girarse y fijar su interés en el juego de manos de Doña Solterona y el Señor Centenario. La embriaguez, el desatino y el borroso recuerdo de unos zarcillos pintados de caliente carmesí no mejoraron su situación. La exuberante pelirroja voló a otro rincón oscuro; quizá el caballero del traje gris y pupila voraz podría cumplir sus deseos de cincuenta euros.

La vidriosa mirada de Calixto se posó en el pequeño infierno del cenicero y decidió ahogar sus penas en el humo del tabaco, pero la suerte no estaba con él, y la caja vacía cayó sorda debajo de la mesilla delante del sofá. Calixto se levantó y buscó ordenar su mente y dirigir su paso, ambos hacia un mismo camino. Fuera hacía frío, los transeúntes nocturnos, inquietos y sonrientes, lo miraban con curiosidad. Él, con su sombrero hasta las cejas y la mirada perdida, seguía el ritmo del *toc-toc* de los tacones incautos, pero pronto se detenía, vacío y sin ganas, daba media vuelta y caminaba arrastrando las gomas de sus zapatos nuevos. El cuero humedecido por la fría noche.

Calixto cruzó la calle con indecisión, pensando y penando, huyendo de la dirección que seguían sus pensamientos. Un vestido azul celeste lo detuvo en medio de la vía cuando la mente ganó la partida y la memoria invitó al *flashback*. Las gotitas frescas de amarga muerte lo salpicaron y como un loco se limpió aquí y allá. Las bocinas que pitaban a su alrededor rememoraron gritos de dolor y excesos en su cabeza, continuos espasmos creados por él en una muñeca de piel y lengua. El golpe que lo echó al suelo se transformó en la andadura sensual y salvaje de una cama ajena. La sangre que empezó a brotar de su cabeza fue el sirope de fresa de los labios de una mártir de la casualidad.

El caleidoscopio de su mente se rompió, el baile acompasado de imágenes agridulces se apagó, y el vestido azul, los rubios cabellos y los zarcillos lo invitaron a una última ronda bajo el asfalto.

ERÓTICA CRIMINAL

S olo un fantasma. Una mancha que se arrastra por la cárcel de tus recuerdos y que se borra poco a poco con la marejada agria del alcohol en tus venas... Una marca en tu delicada piel, un suspiro en tu oído que llegó a erizar tu cuello y parar tu corazón... Solo soy un espíritu errado, maldito y sucio. Muerto.

Y mientras tú te levantas, y te vistes, y te maquillas los rasguños que dejaron mis besos, y te limpias las lágrimas con sonrisa perfecta, y disfrutas del atardecer y vagas por la noche de reunión en reunión... Y mientras te enganchas desesperada a la lectura obsesiva, buscando en ella una salida a mi recuerdo... Y mientras te embriagas de vino bueno y amargo, y bailas y vuelas, y ríes con ganas o sin ellas... Mientras, estoy encerrado tras los barrotes de tus pesadillas, en lo oscuro y árido de tu memoria, asumiendo la gloriosa tortura de vivir en un único recuerdo. Un mal recuerdo.

Solo un fantasma, digo. Un criminal. Mientras vives y muero mirando a los ojos a tu ausencia. Solo una mancha infecta, una mirada roja y una sonrisa verde.

Solo la nada del todo que fui en tu vida durante un minuto. Un instante.

Ahora ahogado en tu memoria, ahora olvidado y seco... Ahora, espero cada noche en aquel banco donde un solo descuido bastó para apresarte, envolverte y devorarte. Para admirarte por última vez y retener bajo mi pecho tenso la calidez de tu cuerpo, tu esencia, que se esfumó de mis manos cuando por primera vez creí justo que alguien mereciera escapar.

DENDROASPIS POLYLEPIS

Mamba. Así la llamaban. Yo llevaba varios meses siguiéndola. Un trabajo para el amigo de un amigo. Remuneración en negro. Máxima discreción.

La policía estaba tras ella o, más bien, tras el rastro de cadáveres que había ido dejando a su paso durante los dos últimos años. En el último trimestre le habían perdido la pista; puede que perdiera el gusto por matar o que esperase el momento adecuado. Eso último era lo que torturaba a mi cliente.

Llevaban dos escasos meses saliendo, después del coqueteo habitual de una noche en el bar de Franchesco Skinzo, máximo representante de la mafia en el lado este de la ciudad. Tráfico de armas, droga y puede que algo más. No era mi objetivo, no me interesaba desmontar su negocio. Además, en su local descubrí el mejor licor de importación. Gajes del oficio.

Mamba, o Johanna, como se hacía llamar, aunque su ficha policial ponía otro nombre, era una mujer delgada y voluptuosa, con curvas de vértigo y un gusto por los vestidos rojos ajustados que hacían delirar hasta a un investigador psicológicamente andropáusico, hastiado de la vida y algo cansado de las *femmes fatales*. Sus ojos verdes eran la guinda del pastel de chocolate que era su piel, cuidada al milímetro de pies a cabeza, donde su melena cobriza daba un nuevo y extremadamente sensual sentido al afro. No parecía haber en esa mujer nada artificial, al menos nada más que su fachada de camarera de veinte euros la hora, que yo adivinaba siempre desde una esquina del bar de Skinzo.

No fue difícil para mí comprobar que era ella quien llevaba la mayoría de los asuntos sobre armas, y algún que otro cobro que por razones de género el propio Franchesco no podía hacer personalmente. Pese a lo incómodo que resultaba hablar con mi cliente de los oficios de su nueva amante en aquel local, para él era lo menos importante. ¿Que se mezclara con mafiosos? ¿Que pagara con su piel algunos de los tratos del jefe? Nada era comparable con el terror que invadía a mi cliente: «Que me asesine mientras duermo», me confesaba con la calva perlada en sudor, «que la Mamba me mate, que olvide quién le compra sus vestiditos y firma sus facturas».

—Amigo, en ese caso, déjela —respondía yo pacientemente, aunque aquello me representase el no poder zanjar cierta deuda que me impedía cruzar

Chinatown desde hacía un año. Pero mis palabras se diluían en la excesiva sudoración de mi cliente. «¿Cómo? Es una mujer increíble, es... ¡Una diosa!».

«El que quiera el mal por su gusto, que vaya al infierno a quejarse», terminé por pensar, a modo de oración, cada vez que en mis visitas a su despacho él empezaba con su parloteo frustrado de empresario pasado, recalentado y pegajoso. Como un bollito de hace tres días que terminas comiéndote más por pena que por ganas.

Quizá se tratase de eso. La Mamba llevaba sin asesinar desde que habían empezado a salir. Puede que mi cliente fuese su chivo expiatorio. Ella seguro sabría que los años pasarían y que el cambio de piel no siempre tiene los mismos efectos en todas las víboras... En las bípedas, es un hecho que solo funciona hasta la cuarentena, ampliable a diez años según los gramos de silicona en cuerpo. O puede que se tratase de algún ardid propio de una estafadora audaz: los rumores decían que amasaba una gran fortuna en una isla extranjera con forma de símbolo del dólar. Desde luego, los informes oficiales confirmaban que sus víctimas habían perdido la vida y las cuentas en B. Las legales, no. No valía la pena, por un par de billetes más, dejarse en evidencia.

Si no me hubieran bailado las pupilas al son de sus caderas forradas en licra roja, puede que incluso pensase en ella como la Robin Hood de nuestro tiempo: sin mallas, sin equipo de refuerzo, sin «para dárselo a los pobres».

Aquella noche había pasado por el bar de Skinzo sin mucho ánimo. Verla trabajar desde mi asiento habitual en la mesa del fondo, mientras bebía el manjar de algún dios nórdico y tomaba apuntes sobre sus movimientos, era un auténtico aburrimiento, pese a que el vestido de licra roja me atrajo al primer vistazo y poco más pude apreciar con tanta atención como el contoneo de la Mamba untada en rojo artificial. Perdí la pista a los dos hombres que se despidieron de ella con gesto duro y apretón de manos, y no tomé nota de las conversaciones aparentemente casuales que tenía con algunos de los clientes del local.

Hacia la una de la madrugada la Mamba advirtió mi mirada. Me reclamé en silencio apartando el quinto vaso de mi libreta, que cerré por precaución al verla sonreír en mi dirección.

Era una auténtica Mamba. Desde su posición, junto a la barra, fijó sus inquietantes ojos verdes en mí, arqueó la cadera hacia la derecha, posando su mano en el hueso que se marcaba en la tela y, al cabo de lo que me pareció el segundo más largo de la historia de la humanidad, se dirigió a mi mesa, contoneándose deliberadamente.

—¿Trabajando, *Mister*? —preguntó con voz sensual antes de humedecer sus labios con la punta de la lengua.

Lo siguiente que recuerdo es el sabor a vainilla y coco de su cuello y el olor a patatas refritas del pasillo por el que me guio entre arañazos y lametones.

Todos los billetes de mi cliente no serían suficiente pago después de lo que viví esa noche en brazos de la Mamba. Johanna era mucha víbora, una playa exótica, una selva virgen —lo que es bastante irónico—. La Mamba era sinónimo de paraíso, con todas sus connotaciones, absolutamente todas, lamentablemente.

Entendí por fin el miedo de mi cliente, su necesidad de saber la verdad y sus palabras. ¿Cómo podría dejarla, si ella lo era todo? Puede que ella fuera el mundo, el núcleo magmático y palpitante de la Tierra. El universo hecho de piel morena y espíritu de escamas.

Una pena darme cuenta de aquello tan tarde. Atrapado entre el colchón duro y la cintura de la Mamba, que se bamboleaba hipnótica sobre mí, incorporándose hasta quedar a la altura de mis ojos. Una pena.

El clímax me condujo a un paroxismo singular en el que creí escucharla silbar al ritmo decadente de la música que reptaba desde el local hasta la habitación, un cuchitril de paredes sucias y olor a lejía.

Entonces abrió la boca. Sus labios hinchados debido a mi investigación en profundidad. Su lengua húmeda. Sus dientes blancos. El mordisco fue lo de menos. Lo verdaderamente incómodo vino después: la parálisis, el sofoco, la pérdida de visión y la falta de aire. La muerte me alcanzó jadeante y con un sabor agrio en la boca. La Mamba había actuado y ahora la miraba, sin ver, deslizarse sobre mí hasta tocar el suelo, acomodarse el vestido rojo sobre los muslos y acicalarse frente al espejo oxidado junto a la cortina que separaba la estancia del pasillo.

Lo último que pensé que podría ver en ese momento y, de hecho, no vi —al menos no literalmente— fue la calva sudorosa de mi cliente y su espalda cuando con esfuerzo me cargó en un hombro. Peso muerto.

—Lo siento, preciosa. —La voz rasposa y vulnerable de mi cliente vibró en el pasillo—. Debes comprender...

Ella chascó sus dientes de víbora peligrosa, y él calló inmediatamente.

Al cabo de unas horas sentí la tierra rociarme. Un disparo, y el olor a tabaco caro voló sobre mí hasta aplastarme con todo el peso de mi sudoroso cliente. Aunque puede que se tratase de mi cerebro babeando el torpe delirio del veneno de víbora, puesto que está científicamente probado que los muertos no sienten, mucho menos huelen, y ya ni hablemos de que cuenten historias como estas. Hubiera estado bien poder apuntarlo en la libreta que olvidé en la mesa del bar de Skinzo, junto a los cinco vasos de whisky. Hubiera estado bien un gatillazo a tiempo.

Solo espero que haya sido un entierro digno —todo lo digno que pudiera ser dadas las circunstancias— y que no fuera cerca de Chinatown.

EL BAILE

E l vals empezó a sonar cadencioso en su cabeza, inundándolo todo a medida que veía a su objetivo frente a él. Era el momento perfecto para tomar la iniciativa de una vez por todas, y con un ademán le indicó sus pretensiones a la dama fría que, sabía, llevaba una hora evitando su mirada. *Toc-toc* de tacón, *frus-frus* de guante.

La tomó entre sus brazos, con el semblante serio de caballero pudiente, mientras ella le correspondía, mirando sin ver con esos grandes ojos arrebatadoramente azules, incapaces de pestañear a la velocidad de las piruetas de él, que, abstraído como estaba por la música, empezaba a bailar.

Violín de ilusión, ritmo orquestado.

Movimientos encadenados finamente como por un genio del baile de salón: largos, cadenciosos, a veces mordidos por el cálido aliento de la lujuria y totalmente entregados.

Cuatro cuartos. Figuras en caminada. Vuelta de chica en dos compases. Giro y figuras en sombra. Caída en parada.

El doctor amagó un beso en la mejilla de la mujer, que, impávida ante el arrebato, ni siquiera enrojeció, más atenta bien a las musarañas del techo, bien a las ralladuras del suelo.

Pronto el ritmo cayó en picado, permitiendo una danza más lenta y con gracia. La levita de él golpeó inocentemente el pecho escotado hasta la eternidad de su pareja, los cabellos dorados y negros se enredaron con el entrechocar de las frentes, y ni una palabra surgió de boca de ninguno, ambos entregados al placer efímero de una pieza de vals.

Compás fuerte que reposa. Compás débil que empieza a danzar.

El baile era cosa seria para el doctor. No solía arriesgarse a hacer este tipo de invitación, por lo que dicha ocasión era todo un acontecimiento. Y dejando a un lado sus prejuicios, quiso volar apretando un poco más la cintura de su dama, que pronto se desvanecía, se inclinaba o se resbalaba entre sus brazos. Toda ella tez de porcelana y boca de manzana de Edén.

Volvió el vals a atronar mientras ella se dejaba guiar con mirada perdida y dedos contraídos. Él, por su parte, paso de maestro y brazos de doctor *summa cum laude*.

Dos vueltas más e inclinación final.

Con un casto beso la música se difuminó en la cabeza de él, y ella, imperturbable, volvió a su lugar con la sonrisa olvidada en algún punto de su boca tétricamente abierta.

Las luces del gran salón se redujeron hasta los habituales cuatro candiles, las paredes se acomodaron a su tamaño real y el olor agrio volvió a impregnar toda la habitación.

El doctor Frankenstein cogió el bisturí y, con una inclinación de cabeza y un nuevo ademán, procedió a continuar la disección.

MORS MORTIS

L as llamas crepitaron bajo mis pies y sentí el
humo ascender tibio entre los dedos. El
caldero rompía su hervor también, sin que ninguno de
los presentes lo supiera, más allá de la plaza donde
ahora me encontraba atrapado.

El sacerdote se santiguaba una y otra vez mientras
repetía el cántico pertinente. Yo lagrimeaba de vez en
cuando, intentando no reír. Aquí yo empezaba a arder y
tres calles más allá el fogón estaba encendido.

El hedor a cuero quemado, fuera animal o humano,
no derritió mi seguridad, sino que avivó mis ansias de
un efecto final y también recité, aunque no el mismo
rezo. Todos callaron cuando mi voz entonó, ajada por
la bruma tóxica y con la persistencia de un zumbido,
mi elaborada y ponzoñosa saeta *pre-mortem*.

Entonces sucedió.

La explosión llegó con llamaradas que, quise
imaginar, eran los jinetes del Apocalipsis, pero que en
realidad solo eran el resultado de un buen truco
cocinado a fuego lento en la víspera de la venganza. El

pueblo, hasta el momento atento a la escena de mi vil asesinato, mi injusto juicio, se giró al instante siguiendo el sonido de los estallidos. Música para mis oídos.

El sacerdote seguía recitando, ahora pálido como un muerto, evitando ser el único que mantuviera su mirada en la mía, incendiada, carcomida por el azul más ardiente.

Un pellejo de mi mandíbula chisporroteó entre los dos, consumido de inmediato por el sagrado fuego, y la sonrisa oculta antes por la piel se mostró inquebrantable, natural. Dura como el hueso.

La primera fase se completó.

Cuencas vacías, tendones inexistentes, vapor de sangre.

Un último estallido, caldero en mil pedazos, fogón de tamaño familiar.

La lluvia de fuego ahora golpeaba a la plebe. El sacerdote se santiguaba las llagas con yemas de carne viva, mientras yo, cenizas todo lo salvable, rompí las ataduras humanas y, hecho de despojos y eternidad, bajé de la hoguera tradicional y contemplé mi versión personal del fuego purificador: el pueblo ardía de arriba abajo.

Entonces, satisfecho, caminé a hueso descalzo y marché.

BUENAS NOCHES, LECTOR

AGRADECIMIENTOS

A Ti, en primer lugar.

Gracias a mi familia, por ser y por estar siempre.

Gracias a David, por soñar despiertos juntos, por saber, más que creer, y por escuchar, a todas horas y con toda la paciencia del mundo.

Gracias a mis lectoras Beta, por su interés, sus comentarios y su apoyo. Y porque más que lectoras, son Amiga, Hermana y Ejemplo.

Y gracias, sobre todo, al que lee estas líneas, porque significa que has recorrido mis historias y llegado al final del trayecto. Porque les has dado una oportunidad y porque, de cualquier manera, ya forman parte de ti también. Gracias.

ÍNDICE

Alejandra Allueva nació en enero de 1987 y siete años después, a mediados de julio, cayó en la madriguera del Conejo Blanco, de la que no ha podido salir y en donde se ha dedicado, desde entonces, a escribir. Primero en verso, más tarde en prosa. Conoció a los más grandes locos de las letras durante sus estudios en Filología Hispánica, y aún dedica la hora del té a seguir formándose como escritora. Pasó algunas noches lúgubres gracias a Cadalso; quedó finalista en combate singular, enmascarada y sobre un ring, en la primera edición de Lucha Libro Canarias; Condujo El Vagón de las Artes (revista cultural digital); y en 2016 publicó, por fin, una colección de relatos titulada Buenas noches, Amor, dedicada a Eros, Tánatos y su truculenta relación con los simples mortales. Coleccionista de muñecas, sueños y letras, actualmente escribe su primera novela, de la mano de seis gamberros y mucho *Rock n' Roll.*